将雪推回天山

卢山 著

长江出版传媒

长江文艺出版社

卢 山

1987年生于安徽宿州，中国作协会员，新疆兵团第一师阿拉尔市作协主席。出版诗集《三十岁》《湖山的礼物》《宝石山居图》，著有评论集《我们时代的诗青年》。参加《诗刊》社第38届青春诗会、《十月》第12届十月诗会。

目录

I 将雪推回天山

Ⅱ 塔里木来信

Ⅲ　阿拉尔之夜

I　将雪推回天山

将雪推回天山

塔里木河如十万匹脱缰野马
一夜间搬走了雪山和大漠
我曾以荆轲刺秦王的勇气
偷偷地向它扔过去一块石头

石头会不会砸伤它的马脚？
击落一缕性感的鬃毛？
塔里木河会不会突然回头
一口将我和大桥吞没？

今后我将带着一生的战栗
写诗，将雪重新推回天山

塔里木之夜

黑夜用一座座盛大的沙丘
埋葬了塔里木的黄昏
这个闪光而悲伤的君王
静默于塔克拉玛干的心脏

我驱赶着塔里木河
放牧十万棵胡杨树
携带唐朝的经卷和史册
独坐于苍茫的星空下

西伯利亚的寒风把我
雕刻成一枚锋锐的冰凌
塔里木的地火燃烧着
我内心的激越之血

今夜，这片深不见底的沙漠
一具木乃伊屏住呼吸
匍匐在脚下，恳求我
为骆驼刺唱一首情歌

火车在天山脚下穿行

一列绿皮火车在天山脚下穿行
盐碱地和碎石堆发出惊天的震响
车厢里坐着李白、王昌龄、岑参
塔里木河与塔克拉玛干沙漠都是站台

这一列来自唐朝的列车开过来
雪山纷纷后退，月光打开永恒的探照灯
哐当　哐当　我的心脏也和他们一起
在天山大地起起伏伏
跳跃在中国的西部边疆

我用雪山来造句

我用雪山来造句
用河流与山谷来当排比
用云朵和雄鹰做我的标点
我的修辞　是天地间
无法破译的大风

在昆仑山　这首诗太沉重
无法打印　也无法邮寄
我只能将它留在原地
落日是唯一的读者
它倚靠在一棵骆驼刺上
一页一页　读给永恒

梦里的沙

今夜，我把床搬到塔克拉玛干
无数的沙，从天空落下
一簌簌，一粒粒，月光一般
轻轻地覆盖红柳林和我的睡眠
沙漠的中心，栖息着我的梦
一个绿洲般活蹦乱跳的梦
它一头连着白雪皑皑的天山
另一头通往桃红柳绿的江南

整个夜晚，我都在沙粒中做梦
像一株干枯的胡杨渴望雨水
我累坏了。没有人施以援手
直到一只蜥蜴穿越月光的防线
我在深夜里醒来。明月高空
映照着苍茫的塔克拉玛干
此刻，越来越多的沙
压住红柳的花蕊和胡杨的叶片
埋没了我的胸口

如一只闯入沙漠的海豚
我绝望地呼吸。这数千年的蒸发

要把我变成一具木乃伊吗？

我的歌声能为沙海导航吗？

今夜，我把床搬到塔克拉玛干

我的梦里垒满了月光和沙

我身体里的水——风月无边的西湖

被沙埋葬，又被沙拯救

雪山的拯救

我在云中与恶龙搏斗
掉落下来，被黄沙掩埋
几乎要蒸发成木乃伊
每一次绝望地呼喊，沙土
就会填满我的心脏
在剧烈的摇晃中
我忽然从梦中醒来
窗外的雪山正肃然列队
迎面扑来的光芒
照亮整个机舱

神啊，一万米的高空
我吐出胸腔的沙粒
谢谢——我还活着
被温暖的光晕团团围住
从西湖到天山
当我一次次把自己抛向天空
试图抓住恶龙的鳞片
每一次即将坠落
来自雪山的一束光
把我像婴儿般轻轻托住

走　神

再一次飞跃天山
被云层和山脉包围
我紧紧地靠在窗户前
俯瞰那扑面而来的
众神栖居的雪山
放逐亡灵的沙漠

一生中能有几次腾云驾雾
飞跃莽莽苍苍的天山？
此刻　我远离大陆
将往事轻轻放下
在云层之上获得短暂的脱离
仿佛是庸常的生活里
一次壮烈的走神

而我最终还会
回到这片土地上的
雪　会覆盖我
沙　也会覆盖我

塔河蜘蛛

午后，塔里木的阳光
砸向雪白的盐碱地
巨大的轰鸣声中
一棵白杨树突然倒下
另外一棵胡杨树的枯枝间
两只硕大的蜘蛛
在光线里奔波翻滚
如塔里木河吐出银丝细浪

整个下午，我都在注视它们
那完美无缺的腹部
所蕴藏的伟大神力
连起了两片森林！
春风成群结队穿越蛛网
带来大地的昆虫和花朵
直到暮色降临，它们
才打好身体里的死结
匍匐在温暖的树影里
谦卑地领取天山的晚餐

花脸雪豹的孤独

暴雨初晴的光线里
蜘蛛结着黄昏的网

天山抖落几朵白云
溪水吐出苍白之雪

一只花脸雪豹的孤独
比早春的岩石还冷

春风摇晃边境线的铁塔
三棵青松弹落密集的雪粒

无知者无畏

我在塔里木河的冰层上奔跑
我在塔克拉玛干的沙漠里奔跑
我在天山的雪地里奔跑
我在黄昏的云朵上奔跑

如同我写诗,向苍茫和孤寂投稿
感谢汉语,一次次包容我的无知

塔里木河之爱

一月，西伯利亚的寒风
将十万匹脱缰野马按在水里
要让它们立地成佛

推土车要越过冰层，车毁人亡
我在冰层上散步，它龇牙咧嘴
女儿在冰层上奔跑，它含情脉脉

拜城途中

远山苍茫，如未完成的山水画
盐碱地、衰草和云朵铺向天际
巨大的光线中，十万只飞鸟拍动翅膀
从夕阳里搬运一座雪山

白杨树高大挺拔。几棵枯死的胡杨
独立于晚风中，进入静谧的修道场
黑暗降临之前，我想到鸠摩罗什
在克孜尔千佛洞前伫立的青铜之身

山间的流水像是伟大的告诫
我们不是此地的陌生人
车窗外呼啸而过的每块石头
都是我前世生死相依的弟兄

完美的腹部

小巷子里空空荡荡
大雨刚刚走过。墙壁上
风暴的勒痕里，一只蜘蛛
结着黄昏幽暗的网
天上的白云和水里的青山
在这巨大的平衡线上跳跃
它穿梭在树木的阴影中
从腹部抽出十万根细丝
缝缝补补这祖传的手艺

有时候，它静卧如睡佛
倾听春天的马蹄声
忽然又打翻梦里的花瓶
迅疾突破月光的防线
是弥补被雨滴击中的漏洞
还是捕捉黄昏的第一颗明星？

我是一个笨拙的写作者
当我被困在深夜的词根里
我多么渴望拥有一只蜘蛛

那完美的腹部，吐出的词语
如塔河之水，如天山之雪

沙海驼峰

黄昏浩荡着十万里苦寒之地
塔克拉玛干沙漠放逐我的无知
鬓染霜雪的中年人步履蹒跚
如一只塔里木的老骆驼
驮着一轮夕阳，深一脚浅一脚
陷入黄昏那无限永恒的沙海

塔里木的乌鸦

雪地上的乌鸦
盐碱地上的乌鸦

铁丝网和哨所上的乌鸦
中国边疆大地上的乌鸦

咀嚼石头和乌云的苦行僧
身着盛装的黑衣骑士

当白昼逝去，它们迅速起飞
占领这片巨大的空无

遇黄羊记

在奔赴拜城的路上，汽车穿越
连绵起伏的山丘和盐碱地
直奔云层和苍茫之中
在一片石头堆旁，一群黄羊
突然闯入我们困乏的睡意中

在头羊的带领下，十几只小生灵
在辽阔的光线中缓慢移动
四蹄踩在盐碱地上，清脆的声响
叩击着我们屏住呼吸的心弦
它们相互追逐，升起的尘土
制造一场西域奇遇的幻觉

在一片慌乱的尖叫声中
羊群咀嚼着石头和青草
漫不经心地走向雪山和暮霭
一群人气喘吁吁呆呆站立
望着黄羊离去的方向
仿佛神消失在塔里木

羊群的凝视

上山的公路上挤满了起起伏伏的羊群
它们不走羊肠小道　走光明正大的坦途
急得满头大汗　使劲按喇叭也不理你
你吼的话　它们甚至还会齐刷刷地盯着你
在雪山下　羊群的凝视　也会让你不寒而栗
我们踩着刹车　忍气吞声地跟在后面
像是跟着天路上的一朵朵白云

数一数塔里木的白杨树

当汽车穿行在阿塔公路
在午后漫长边境线般的困倦里
我们从巨大的阴凉中惊醒
一排排白杨树推开沙尘暴
指引雪山的方向

呼啸而过的白杨树
是天空射向大地的绿色箭矢
统治塔里木白色的盐碱地
春风刚翻越塔克拉玛干
就在一瞬间吐出大地的胆汁

这一生能数尽塔里木的白杨树吗
死死占据荒芜的河流与村庄
在月亮和骏马下落不明的时候
当你翻越一座沙丘，一棵白杨树
在河流对岸把你恭候

切开塔克拉玛干这张褶皱的纸

汽车驱驰在沙漠公路上
切开塔克拉玛干这张褶皱的纸
给我的一半，是一座红白山
另一半推向落日的深渊
石头、沙粒、骆驼刺纷纷后退
我摇下窗户，吐出胃里的沙
更大的苍茫又迅速集聚过来

为了写好一首诗，我的身体上
常常冒着烟，在词语的沙漠里跋涉
幻想着不经意间，找到一块和田玉
却往往踩到骆驼的粪便
直到此刻，我喝光了所有的水
双脚陷落在塔克拉玛干

双手捧着细沙，我望着
若隐若现的红白山
晚风舔着热烈的舌头
翻越边境线漫长的铁丝网
夕阳下，一排排巨大的电塔
金光闪闪

雪山与荒漠的距离

在新疆，我经常脚踩在荒漠
一只手却摸到了雪山
如果我走向它们
就要用掉一生的时间

两朵云之间隔着十座雪山
为了让骆驼刺和雪莲花见面
我从塔里木河逆流而上
将雪重新推回天山

克里雅河大峡谷

在与黄昏的交谈中
突然从戈壁滩上裂开
一个巨大的伤口
早晨是一片苍茫
傍晚是一片金黄

青草向上生长
石头不断坠落
雪山高高在上
这漫长的人世啊
暗流的河　　日夜喧嚣
越是解释　　越是浑浊

被雪山的光芒所照耀

夕阳和衰草在燃烧　熬制一枚宝石
一万里歧途　我眼睛里饱含悲哀的沙子
落日的余晖游走　抚平大地的鞭痕
昆仑山在辨认着我——
这个远道而来的异乡人
面对十二座雪山　我双手合十
即使只有短暂的一瞬　便身受恩宠
我的余生里　都将被雪山的光芒所照耀

昆仑歌

面向昆仑，我独坐山冈
那静默的力量，让我浑身战栗

天高地阔。在衰草的复活中
黑暗生吞活剥了我

请借给我一条明亮的河流
在水上建起一座寺庙

此生我所有的修行，只为能
成为一块昆仑山的石头

雪山的教诲和恩典

三月的托木尔峰高大威严
像一座耸入云霄的神庙
寒冷统治着这里的一切
却不妨碍几匹野马悠闲地吃草
一群土拨鼠熄灭野花的灯盏

唯有我们这群闯入者
刚一下车就被困在风雪中
扭曲着身体，哭丧着脸
也无法躲避那些扑面而来的
雪山的教诲和恩典

普度众生的落日

春风的缰绳抽打黄昏的马匹
山谷里跳跃着野花的火焰
此刻，这极其短暂的温暖中
牧羊人的仰望逼退了雪线

那赤裸的金黄重见天日！
把风雪推开，让石头开花
再饥饿的羊群也要咬紧牙关
再凶残的猛兽也会停止杀戮

这光芒深入骨髓，让酒鬼
从梦中醒来，河流也瞬间起立
都惊异于那群山之上的
一轮普度众生的落日

黄昏降临塔里木

黄昏漫过天山，降临塔里木
牧羊人在戈壁上生起炊烟

塔里木河畔的青草湮没膝盖
冬天死掉的野马得到安息

几只野骆驼与我四目相对
像是遗失多年的远方亲人

脚下的骆驼刺推开砂砾
打听雪山和落日的地址

我指向远处的白杨树
肉身里住着消失的精绝

神占领了塔里木

连绵不绝的棉花，如昆仑吐出的沉默之雪
在莽莽苍苍的西部戈壁滩翻滚银色的波浪

烈日下红柳燃烧血肉之躯，光芒远不及
塔克拉玛干十万株胡杨林构筑的金字塔

塔里木河的石头在一场秋风中搁浅
它的一生走不出这片祖传的盐碱地

十月吐出一枚唐朝的月亮。黄昏的金箔上
羊群如云朵般漫步，仿佛神占领了塔里木

飞跃天山

向雪的词根深处进发
此刻迷失于空无
矗立山巅的岩石
是一排排月光的墓碑

无数的生与死
无数的星辰
无数的神
从我的身体里穿行而过

带走一只在飞机上
摁住咆哮的雪豹

天山之上

飞跃天山，在云层之上
我像雄鹰张开双臂练习飞翔
一座座雪山扑面而来
我深呼吸一口气，迎头而上
冲入大雪的词根里

气流在我胸腔内翻江倒海
制造一次惊心动魄的飞行
云层之上，我以雄鹰的视角
发现这片辽阔的新大陆
如史学家遭遇汉唐的经卷

时间洪荒造就的沧海横流
大地内部高高耸起的天山
成为今日众神栖居的碑林
我一次次屏住呼吸
生怕任何一句粗俗的言语
都会引起惊天动地的崩塌

在边地看雪

雪山在黄昏里傲然耸立
牧羊人家族里一座古老的神
边地的雪如四处游荡的羊群
即使在春天里也丝毫没有松口
仿佛边境哨所漫长的铁栅栏
将疲倦的春风关在了门外
我们握紧把手屏住呼吸
驱车向雪的腹地进发
一次次受阻于这古老的气流

在一处石房子前，我们下车
置身于一片纯白的风暴中
除了相机的咔嚓声
人群的尖叫声
还有那无数扑面而来的
如天神下凡的——
雪的词根的炸裂声

春夜有感

雪从谈判桌上直线溃败
胡杨木里暗流涌动
河滩上的石头
从一个冬天的梦里解禁
塔里木河像一个沉默的爱人
恪守着天山的承诺
东风在山林间磨刀霍霍
我从远方带来了水和诗歌

塔里木河的献诗

我一生无法诉说的是塔里木河的黄昏
李白从天山上送来了万里清风
王昌龄的月亮从大漠中升起
我独坐在河滩上，一群碎石堆中
我是被河水摔落得最痛的那一块
从万里之外的西子湖畔，我带着
风声四起的裂缝降落天山脚下

塔河大桥上年轻的情侣吹着口哨
芦苇和野草在夕阳中含情脉脉
我独坐河滩，如一朵逐渐干涸的浪花
在潮水的吞吐声中辨认故乡的方向
此刻，黄昏给我披上一件晚霞
仿佛又再次回到母亲的身旁
塔里木河呀，我将一生臣服于你
你是如此苍茫忧伤，又光芒万丈

篝火晚会上的诗人

篝火燃烧，沙粒跳舞
女主持人的声音翻越沙漠之门
制造一个热气腾腾的黄昏
此刻，我独坐塔克拉玛干沙漠
远处万家灯火铺满天际
我像一只蜥蜴，小心翼翼地钻出沙堆
抖落沙尘，颈项高昂
等待苍穹之上的第一颗星辰

沉默的石头

——赴疆一周年记

多年来，我横渡过不少河流

飞跃过很多山脉

我内心的河谷里

垒满各式各样的石头

苦涩的石头，坚硬的石头

冻得发红的石头

在一起抱头痛哭的石头

今夜，西伯利亚的寒风

穿越月光的防线

把我吹成一块结冰的石头

在万里之外的天山脚下

我独坐塔里木河畔

抱着一轮王昌龄的月亮

——这块会发光的石头

每一块石头都饱经沧桑

扑面而来的赤色群山
把我们从观光车上撞翻在地
人群的尖叫声中
一排排巨大的移动城堡
打开石头和云朵的大门
我们徒步穿越托木尔大峡谷
如一只只蜥蜴在巨大的岩壁下
移动脚步。回声逃不出去
爱,在这里也会陷入困境
置身于此,一个个幻境
神的宫殿,鹰的家园
阳光和雨水的刀锋夜以继日
数千年的燃烧和炼化
造就大峡谷海枯石烂的孤绝
这里每一块石头都饱经沧桑
仿佛我的一声叹息,都会让
它们流出浑浊的热泪

与鸠摩罗什对话

在克孜尔千佛洞，我们相遇
群山环绕，你独立于斜阳

奔波一生，再次回到故乡
古老的龟兹，邀你同做飞天之梦

一个石窟，一册经卷
都是你甘心坐化于此的故国

克孜尔河水推动石头
这数千年的诵经声

从一幅幅残损的壁画上
我看见了你的前世

你的肉身矗立成天山
你的魂遨游于塔克拉玛干

一棵胡杨的拯救

——过沙漠公路有感，兼致点兄

沙漠公路上，汽车穿越一片苍茫
和苍茫的更多种形式。我们追随落日
试图闯过塔克拉玛干沙漠的领地

仿佛是一片被造物主遗忘的土地
一万年的死寂和浩瀚。沙海随黄昏的
光线涌动，几乎吞没了我们的车窗

仿佛我们写作之夜遭遇的漫漫荒原
当我们用力搬开一堆堆词语和石头
一棵胡杨的出现将我们拯救

我在老虎的身边写诗

我在老虎的身边写诗
在它声如巨雷的咆哮和酣睡里
我写下一首首情诗
有时候要越过它锋锐的牙齿
摘取塔克拉玛干的一株红柳
我还偷偷地摸过它的胡须
拍打过它的屁股
头枕塔里木河，在它华丽
如星图的皮毛下入睡

有时候我要屏住呼吸
及时藏起我的笔
当它眼睛里的深潭涌起巨浪
十万里戈壁漫过火红的舌头
我要拿来天山的冰雪
给它降温。在它巨大的阴影里
种下一棵苹果树

石头歌

十一月的塔里木河如一匹瘦弱的老马
匍匐在一片沼泽地。裸露的河床上
那些被它嚼碎的，被冻得通红的石头
都是从天山和昆仑山上
来到人间的，我生死相依的兄弟

云上日记

天山之雪冻结了我的西湖山水
这座风月无边的盛世银行

塔里木的烈焰炙烤着我内心的
沙漠里一枚唐朝的月亮

云层之上，我获得一个新的视角
雄鹰和神祇般的俯视

隆起的雪山和连绵的沙漠
都是我身体里的家园和故国

都在各自的位置上覆盖
这个幅员辽阔的尘世

向雪的风暴中心走去

雪　无处不在
天上的雪　地上的雪
落在穹顶和寺庙上的雪
落在车辙和沟渠里的雪
落在雄鹰翅膀上的雪
落在女孩子衣服上的雪
都是我生命里的雪

雪　统治了一切
词根里躁动的雪
骨头缝里尖叫的雪
月光下的雪婀娜动人
黑暗中的雪悄无声息

今夜　站在天山脚下
我告别母亲　身体里装满石头
向雪的风暴中心走去

再寄宝石山

中年人满腹牢骚如潮水惊涛拍岸。
盛夏蝉鸣闹心，莲子汤不可得，
贪吃几串抱朴道院的臭豆腐。
吟诵《将进酒》和《行路难》，
沿着宝石山曲折的石阶
摘取保俶塔顶尖无限永恒的秘密。

我怀抱流霞和晚钟，一个转身
登上了西去的云层，
翻越一座白雪皑皑的大山，
降落在塔里木河畔。
我写诗，天山赠我一轮王昌龄的月亮；
在深秋的湖畔，我与几万棵
老不死的胡杨抱在一起痛哭。

塔里木的地火穿越历史的岩缝，
燃烧着我和唐朝的经卷。
天山在上，我口含一轮落日
坠入那无限永恒的苍茫。
每一个明月高悬的夜晚，

我身体里西湖的波浪覆盖我

辽阔如塔克拉玛干沙漠的失眠。

大漠之门

驱车穿越大片的防护林
来到大漠之门。塔克拉玛干
从教科书里倾盆而出，横陈夕阳下

秋风抓起一把把沙子弹奏琴弦
翻越一座沙丘，还有无数座沙丘
我们走不出这掌中之沙

来自少林的高僧大师说
从宇宙时空来看，万物不过是
大地上行走的一粒粒沙

沙漠尽头，一轮红月亮缓慢升起
在时间的年轮里，它被细沙
雕琢得如此光滑、圆满

我们燃起篝火，围成圈跳舞
来自远方亲人的一声声问候
将这无垠的大漠打包寄走

接一个来自江南的人

奔赴阿克苏机场的路上
从车窗里看见的黄昏
是悬挂在天山上的巨幅油画
塔里木河，塔克拉玛干沙漠
从画卷上冲泻而出

此刻，高速奔驰的汽车
一头扎进落日的深渊
我和岑参与王昌龄
都被这异乡的黄昏所吞没

在塔克拉玛干沙漠

对人世无数的厌倦
堆积成山和海

驼铃牵引着千年的亡魂
星空超度着异乡人的道场

因为我写诗，我便是你
无法生吞活剥的王昌龄的月亮

西部黄昏

塔克拉玛干沙漠的黄昏
是岑参和王昌龄喝醉的黄昏
是末日和亡灵舞蹈的黄昏
是无数经卷史册在此失踪的黄昏
是被天山雪水日夜奔涌汇聚成
塔里木河无限朝拜的黄昏
是被我这个异乡人极速奔驰的汽车
不断撕碎成血红碎片的黄昏

Ⅱ 塔里木来信

塔里木来信

1

九月，没有人给我写信
通往天山的路途太远
塔里木河水如我早年的激情退去
一轮落日栖息在宁静的河面
乱石堆中，折断的树桩裸露河滩

2

黄昏漫过天山。那些年
花季和雨季轮番登场
青春的潮汛也曾席卷一切
如今我翻山越岭，空空荡荡
再也没有一个女子，可以让我心潮澎湃
再也没有一首歌曲，值得我热泪盈眶

3

九月，塔克拉玛干的地火

燃烧着千年的胡杨林

我独坐河滩，怀抱一块碎石头

芦苇白首，虫鸣起伏

晚风中，我带着自己的裂缝

成为沙，成为水

成为一条通往故乡的河流

4

雪山在云层之外。夕阳照耀塔里木河

此刻，唐朝的丝绸铺满河面

映照出一座遗失的精绝之国

几颗星辰升起。我走在天山脚下

雪白又坚硬的盐碱地

发出碎银子般的声响

5

万里之外，往事不会追杀至此

满眼皆是异乡，再也没有故人造访

在这乱石飞溅的西域旧战场

夕阳如一位英雄的穷途末路

我在晚风中摇摇晃晃

抱着一棵芦苇大哭一场

6

黄昏颤动的光线里，大片红柳芦苇
占领了河滩，如战争后遗失的经卷
这离家万里的黄昏，这危机四伏的暮晚
河滩上一只白鹭悠闲漫步
仿佛从魏晋穿越而来的一位隐士
河水散去。数千年来
白衣秀士独立斜阳，与我四目相望

冬日玉尔衮

寒风中，两匹老马背对雪山
在流沙河谷将头埋进沙土里
牙齿咀嚼野草的根部和石头
尾巴彼此交替着，剪辑一枚夕阳

暮色湮没马腿，它们抬起头来
四目相望，交换着痛苦的鼻息
寒风终于压倒最后一棵芨芨草
它们形销骨立，被一群乌鸦包围

黑暗中的两匹老马饱含泪水
但它们相信：只要保持耐心
天山就会送来春天的雪水
野草的头颅将高过托木尔峰

昆仑山行

从阿拉尔到和田
肉身穿越塔克拉玛干
四千米的攀缘之旅
我背着宝石山的石头
口袋里装着西湖的水
追随牦牛和云朵
才得以朝见昆仑山

此刻，我双手合十
面向昆仑圣境
遍地盛开的野花是一种告诫
遥远金顶绽放的光芒
正从四面八方向我聚拢

赴昆仑山途中

汽车撕开西部大地
起伏的沙丘是一座座
迅速隆起又倾塌的人世

石头在沙尘里翻滚
如草地上的羊群
狼吞虎咽一片苍茫

在阿羌乡停车问路
孩子眼睛里的清澈
像一块昆仑山的羊脂玉

尼雅河流考

海枯石烂也不过如此
心如死灰在此恭候
古河道里　数万棵枯死的胡杨
集体站立成星空的墓碑
尼雅河啊　只剩下一堆堆
洁白而坚硬的化石

精绝古国的传说
化为被晚风扬起的齑粉
岁月的鞭痕　大地默默承受
脚下的一棵骆驼刺
举着嫩绿的三角叉
对抗着塔克拉玛干

尼雅河的石头

尼雅河里裸露的石头
嘴巴里填满了风沙
眼睛里长出了骆驼刺
在炽热的阳光下忽然惊醒
当我们靠近，脚步打翻了
它们梦里的花瓶

那些形单影只的石头
抱团取暖的石头
用累累白骨阻断了流水
呼喊被埋进了地心的石头
望着昆仑山，和我一起
抱头痛哭的石头

此刻，都被这一轮明月
轻轻阖上了双眼

昆仑山落日

抓着一朵白云攀缘而上
将策勒县丢在山脚
与地心引力对抗
云层之上，我们身披霞光

马群踢踏一轮落日
相机的吞吐声中
草地上的一只土拨鼠
忽然关闭黄昏的开关

此刻，河流熄灭了
云朵不见了踪影
这时候唯一亮着的
是我身旁的昆仑山

尼雅尼雅

吞咽着风沙，我们的身体冒着烟
翻越十万座沙丘，在黄昏的时候
抵达塔克拉玛干沙漠的中心
不是一座王宫，而是一座佛寺
在沙海的波浪之上恭候我们

倾圮的佛塔与我四目相望
被时间坐化的肉身，风沙脱落处
雕刻着千年的鞭痕
我不敢伸出手去抚摸
它的内心深处，藏着精绝古国
女人们永不干涸的眼窝

风声洞穿了我的肉体
这个千年后的造访者
顶着烈日走进它的迷途
进入亡灵的咒语。此刻
来时的脚印变成黄昏的金箔
又突然被风沙迅速掠走

在红白山

在塔克拉玛干，红白山的名字
和眼前的落日一样耀眼

永远捡不到一块完美的玉石
鳞片的沙丘上，我们辨认着文字

像一个疲倦的帝王，夕阳缓慢移动
巡视自己的十万里江山

访精绝古国

立夏日的车轮向着落日奔驰
流动的沙，比我的血还浓

被时间攻陷的精绝古国
用累累白骨与我赤裸相见

夕阳是一面落难的旗帜
被焊接在几棵白杨树上

佛寺的钟声推开门栓
马匹驮来了锦缎和泉水

牧羊人供养的十二座雪山
围绕尼雅之城永不熄灭

麻扎所见

托克逊乡酷热的午后
三棵高大的白杨树下
那么多坟墓挡住去路
仿佛是害怕死后也会孤单
它们的头紧紧地挨在一起

他们的额头上爬着甜瓜
更多生长的是苦瓜
不远处，几座雪山奄奄一息
像是塔里木困倦的诸神

送友人

我拿出陈年的托木尔峰美酒
和五月的沙枣花香

都留不住你，推开雨水
登上东去的云层

故事还没有讲完，酒还是热的
王子猷的船还没有靠岸

都留不住你，穿越一排排白杨树
在盐碱地上踩下沉重的声响

我的背后，一轮唐朝的月亮
一条瘦弱的塔里木河

阿拉尔的雪

雪　落在阿拉尔①的土地上

落在胡杨林干枯千年的眼窝里

落在三五九旅纪念碑皲裂的伤口上

多年未见的雪啊

你翻越了多少座山峦

落在塔里木河的前生

落在塔克拉玛干沙漠的来世

来自遥远天空的雪啊

是无数沙粒的渴望凝结的眼泪吗

带着天山的神谕

你日夜奔行降临这片

被雨水遗忘的土地

雪　落下来了

但瞬间就融化在我的手心

仿佛你从没有来过

雪　落下来了

却　救活不了一棵绝望的胡杨

也　无法兑现河流对大漠的承诺

———————

　　① 阿拉尔，新疆南部小城，塔克拉玛干沙漠边缘上的城市。

但我们渴望雪

雪是春暖花开的故乡

雪是幅员辽阔的祖国

雪会再次落在阿拉尔的土地上

我们是星空的守望者

我们是沙漠的拓荒人

大漠和尘土塑造了我们

雪　给我们信仰

雪　给我们信仰

胜利水库印象

一代人的青春撤走之后
这里仅剩下一座胜利水库
孤零零地停泊在西部边疆
存储着一代人的青春胆汁
它横亘在城市和沙漠之间
努力保持着恰当的距离
从不在霓虹和风沙中移动半步
晚风中荡起的一圈圈涟漪
像一个老者回忆往事

"禁止进入"的宣传标语
挂在生锈的铁栅栏上
却阻挡不了一群白鹭和野鸭
在水中央自由撒欢
红柳丛中走出两个牧羊人
吹着向晚的哨音
电塔上的一枚月亮
刚从城市的酒馆里喝醉
沿着堤坝歪歪扭扭的
一头就扎进了湖心

甜蜜的火焰

穿越城市的烈日和风沙
抵达塔里木河的沿岸
石头堆旁，一棵桑葚树
举着火红的灯盏将我恭候

混乱无章的野草丛中
一棵桑葚树像一面旗帜
它是什么时候推开石头和沙砾
与塔里木河遥相呼应的？

纤弱的枝条上，挂满了
沉重的果实。塔里木的馈赠
让它感到疲惫，像我世代的亲人
受困于阳光、雨水和土地

它邀请我品尝塔里木的美酒
身体里布满甜蜜的火焰
在树荫下对饮了一个下午
天山和昆仑山醉倒在我的脚下

天山早春

黄昏的光线里，土拨鼠家族
偷偷啃食去冬的草根

三匹野马占领早春的河流
用雪水洗掉昨夜的困顿

石头的裂缝中，野花成群结队
推开雪山的封印

毡房前，老人走向黄昏之门
脱落身体里的层层黄金

乌鲁木齐的雪

一摞摞的雪，落在街头
更多的雪落下来
压住艰难呼吸的白杨树
和老乡们沉重的帽檐

太阳升起，像一个迟到的钟
广场和绿化道里的雪
融汇成黄色和黑色的溪流
追随地铁口里涌出的行人
匆匆穿越栅栏和红绿灯

高架桥上，冒着热气的汽车
在制造一个清晨的幻术
天山还没有从梦中醒来
几只鹰蹲在超市的楼顶
是这座城市落寞的神

在托喀依乡

(一)

在托喀依乡，夏日无处不在。
桑葚和杏仁如一颗颗耀眼的
星辰炸裂枝头。
无数我们所不认识的植物，
忽然从大地深处拔地而起，
惩罚着我如塔克拉玛干沙漠
一般辽阔的无知。

(二)

牛群在思考，羊群在吃草。
植物们从正午刑满释放的黄昏下
成群结队突破烈日的防线。
星辰高高在上，万物各得其时。
我牵着两岁女儿的手，
走向夏日的浓荫。

塔里木河的黄昏

此刻，雪山的万丈光芒
覆盖塔里木河面
河水默默推动着石头
流向更远的黄昏
如同命运的气流
把我从江南带到天山
我不知道河流的尽头是什么
一座雪山或者无垠的大漠
将在那里恭候我们？
云朵是众神的宝座
我六根清净立地成佛
远处的塔里木大桥庄严肃穆
披上了圣洁的光辉
芦苇荡匍匐脚下
谦卑地领取朝圣者的晚餐

阿塔公路，偶遇沙尘暴

边疆盛夏，听不见一声蝉鸣
盐碱地上，白杨树高大挺拔
几朵云漫无目的游荡
若隐若现的雪山在它们之上
我们听着摇滚乐
直到多浪河的浪花
打翻歌手怀里的吉他

此刻，忽然一道黄色的巨龙
抓起林场和田野腾跃而起
仿佛七月的塔里木河
从西部的高原上奔涌而来
我们尖叫着握紧方向盘
跟随头顶的一只雄鹰
向漩涡的中心踩紧油门

沙尘暴有感

狂风翻滚着天山的石头

沙尘如密集的子弹

我独立河滩，呵斥塔克拉玛干

虫鸣起伏，野草飘摇

万里之外，我的命运

像七月的塔里木河

浑浊不堪，浩荡无边

塔河源印象

五千里塔里木河的源头
十万匹野马群的牧场
天山雪水与岩石的耳鬓厮磨
古老的河床成为夕阳的墓地

天黑之前，一只小蜥蜴
匆忙穿越老不死的胡杨林
这大地的黄金禁卫军
即将在最后一场秋风中凋零

苏巴什佛寺的风

1

在苏巴什佛寺，我们置身于风中
石头推动着石头，云朵搬运着云朵
佛塔、庙宇和洞窟被风推倒、吹散
数千年来，断壁残垣在时间的剥蚀中
雕刻一枚枚虚无主义者的印章

2

北风翻越天山，吹干了库车河
碎石堆中，芨芨草、麻黄和骆驼刺
成群结队推开寺庙的禁令
追随造访者的脚步，仿佛要倾诉
数千年前驼铃和丝路的故事

3

在西寺佛塔处，一位古龟兹美人
长眠地下。若忆起女儿国的伤心往事

晚风能否吹干她深埋地心的眼泪?
博物馆里,一堆碎骨头比负心人的誓言
还要轻薄。仿佛她只是将肉身寄托于此
她的魂,追随长安而去,流落风中

4

风声不止。锦残片和古钱币破土而出
圣谕、波斯语、诵经和胡琴的交错声
被库车河水吞没。我们贴着石头倾听——
此刻,黄昏翻动着《大唐西域记》
一位僧人将一个古老的中国
放置于苏巴什佛寺的风中

界　碑

雪豹眼中的昆仑山
比游客心中的更加雄伟

它不可靠近，高不可攀
只有雪莲花能将它攻占

除了春风，没什么能让它
深情款款，泪流满面

它常年冥顽不化，不可理喻
内心装满一个大陆的冰川

如果我走近大喊一声
会不会引起一场雪崩？

但它数万年岿然不动
像一块巨大的界碑

塔里木的胡杨

在十月的塔里木
沿着和田河古道前行
我深陷这片西域三十六国
此时，一排排胡杨树
这些黄金军团如神兵天降
从大地深处蜂拥而出
一列列活的金字塔
一座座美的纪念碑
它们抓起脚下的砂石
高高矗立在秋风中

我掏遍口袋，找不到一句诗
可以匹配眼前的一棵胡杨
黄金的舞蹈不可相提并论
诗歌的桂冠也不过如此！
我愿意终身厮守在这里
老死于一棵胡杨树下
当黄昏的风沙埋葬楼兰古国
星空迷失于塔克拉玛干沙漠
它们举起朝圣者的火焰
为驼队和羊群引航

沙漠之王

越野车奔突数百里，此刻陷入黄昏湖底
即使在车轮下面垫上几颗星辰
我们也无法翻越一棵胡杨树的阴影

向骆驼刺求救，拜芨芨草为师
一只假寐的蜥蜴那里，藏着和田河
数千年来不为人知的秘密

从红柳丛中走出一个牧羊老人
数百只羔羊追随他的脚步
翻越一座座沙丘，消失在塔克拉玛干

我看见

立交桥如扭曲的麻花
冒着热气的汽车排着队
领受这座城市赏赐给我们的
吞不下去的早餐

十二月的乌鲁木齐
嘴巴里衔着冬天的名片
街头巷尾都垒满了雪
白色的雪，瞬间变成黑色的雪

红绿灯跳跃，我们戴着口罩
抵御病毒和寒风
呼出的热气交融在一起
融化那深处的看不见的冰

十月赴疆，遇见塔里木河

十万匹脱缰野马挟裹云团
从天山而下一路狂奔
怀抱防护林和滚烫的石头
冲出了塔克拉玛干沙漠
我迎面大吼一声
一场灾难偃旗息鼓
一条河流在我脚下缓缓流淌

这是十月　我只身赴疆
在距离边境数百公里的阿拉尔
第一次遇见塔里木河
秋风拨弄琴弦　大地一片金黄
我的孤独如头顶燃烧的晚霞
噼啪作响　落满河面

飞翔的塔里木

黑夜埋葬了古老的塔里木
那来自胡杨林间的悸动
仿佛一团团热烈的火焰
猛然扑向灿烂的星空——
塔里木的精灵！

率先起飞的一只大鸟
启动了自由的开关
一只、两只、三只……
十万只飞鸟挣脱地心引力
带着晚风中激越的长啸
奔向遥远的星辰

塔里木河面如交响乐一般
瞬间沸腾起银色的浪花
天山和昆仑山的岩石上
只留下了雄鹰展翅的倒影
翅膀与翅膀的交错震颤
扇动了群山的雪崩

象征自由的箭矢啊

射向宇宙的洪荒和永恒
今夜，在西伯利亚的寒风中
请听塔里木精灵的歌声
今夜，这是属于飞鸟的狂欢
这是大地深处宽阔的发声！

梦中的白天鹅

那遥远湖面上的白天鹅
像梦中一群恬静的少女
此刻，它们一遍遍梳理着
洁白的翅羽。全然不顾
那逐渐包围过来的戈壁风沙

天山的雪水洗过的脖颈
藏着塔里木最为高亢的歌声
仿佛天女下凡，又似云朵坠落
白天鹅嬉闹着，追逐着
扑腾翅膀掠过秋天的微凉

在浩瀚的塔克拉玛干沙漠
是谁送来了湖泊，又制造出
这群梦中的白天鹅？
如果它们仰天而歌，谁的眼眶里
不会涌出一条滚烫的塔里木河？

克孜尔尕哈烽燧

群山起伏，暗藏大地的百万雄兵
晚风越过天山，将历史的碎片
扔向天空。这漫天飞舞的乌鸦
用黑色统治古老的塔里木

黄昏时分，我们走入那漩涡中
被巨大的气流挟裹，我们不得不
死死地抱住一块石头，甚至抱住
一具唐朝士兵的木乃伊

数千年，刀剑和石头一起风化
一封封家书长满骆驼刺和芨芨草
历史的沙粒沉淀下来
覆盖一座沉默无言的河床

克孜尔尕哈烽燧依然高高在上
像一个日渐凋零的老兵
脱落的碎石堆，那些
时间的见证者，历史的守墓人

塔村印象

穿越茫茫戈壁，汽车和马群
在滩涂旁停歇。一条小溪供养它们
用灰色的鹅卵石和骆驼刺
雪山腰间挂着的，曲折的盘山公路
我们数着山顶的流云和几棵青松
陷入这片巨大的迷雾。此刻
一只雄鹰推开枝条，腾跃而起
积雪纷纷坠落，又在我们的惊叹中
天空迅速合拢，这巨大的寂静

雷电击中了塔里木

你给我们丰富和丰富的痛苦。

——穆旦

1

今夜，雷电越过了塔克拉玛干

轰隆着，咆哮着，推着天山的巨石

野马群一般朝我奔腾而来

滚烫的马蹄踩在戈壁滩上

将塔里木河瞬间掀起

2

狂暴的雷霆如天神下凡

地心的烈焰被点燃，那沉睡

千年的经卷和木乃伊

在光芒的布道中全部复活

胡杨尖叫，红柳燃烧

盐碱地发出沉重的喘息

3

天山之怒，让塔里木震颤
信号铁塔上的电光火石
一棵棵白杨树被连根拔起
汽车抛锚，人群失语
宙斯站在城市的楼群上
拿着闪电的鞭子抽打着马群

4

此刻，塔里木皲裂的眼窝里
填满泪水。胡杨树千年的渴望
迎来了雷电的答复
地心和山体里的玉石
颤抖着，雀跃着，鼓起勇气
撕开时光的封印

5

自由吧，欢呼吧
这数万年干瘪的土地
这老不死的盲目的石头
让我们拉着雨柱围着雪山舞蹈吧

在这塔里木的雷电之夜

让塔河愤怒，让盐碱地开口说话！

我置身于塔里木古老的风暴中

我置身于塔里木古老的风暴中
被气流击退，被风沙灼伤
被雪山巨大的阴影埋葬
我带来的西湖之水逐渐蒸发殆尽
我身体里的荷叶已然枯死
我年轻的胸腔里填满风沙
我的身体上烙印着烈日的光芒

塔里木的盐碱地用白花花的月光
喂养了我，成全了我
在一片绝望的土地上
长出一棵火焰般的胡杨！

胡杨史诗

1

在塔里木河畔睡胡杨谷
我领受造物的神圣教育
时间的辩证法在此失效
诗人的舌头被上了锁

2

言说即被忽略
表达终是无效
爱与恨在此绝迹
生和死化作苍茫

3

死亡的教学基地
静默是伟大的演说家
一次热烈的死
胜于一万次苟且的生

4

星空的战场，大地的残骸
世界末日的提前预演
集体的死亡，近似一种
对遥远雪山的献祭？

5

虽睡犹醒，虽死犹生
死得炽热，死得灿若星辰
从死亡上看到了它们
数千年前灿烂的生

6

"胡杨墓地，乃是一座星际墓园"①
梭梭林，黑枸杞，骆驼刺
莫非是上天的一种恩赐
暗示着生的另一种可能？

---

① 沈苇《沉默史：胡杨墓地》中的诗句。

7

不远处有一座昆岗美女古墓
谁的爱情曾埋葬于此？
消失千年的克里雅河
证明这里曾是一片海洋？

8

数千年来，绝望蒸发掉她的呼喊
如果没有爱，没有天山的雪水
慰藉她滚烫的唇
便没有一棵胡杨愿意苟活

9

头顶的烈日炙烤着我
一个来自东海之滨的人
心事重重，脚步沉重
不断地陷入沙漠深处

胡杨辞

1

我飞跃莽莽天山
为你驮来西湖和宝石山
再祈祷两天江南的雨水
阿拉尔的胡杨啊
如果可以不死
我们就灿烂惨烈地活

2

初次遇见，穷尽一生的色彩
从大地内部涌出的
多么炽热的爱
瞬间把我融化成你脚下的
再也挤不出泪水的沙

3

塔里木河这辈子

走不出这无垠的大漠
生生死死如同春去秋来
爱恨情仇都似花开花落
我的胡杨兄弟们
让我们一起牵着秋风的手
跳一支金色的舞蹈

4

此次前来，我没有
给你带来河流和雨水
大地上的胡杨林
请允许我为你痛哭一次
为生命的悲壮和绝望！

5

大地的绝唱
纯粹的金黄
这一生要写怎样的诗篇
才能配得上塔里木的一棵胡杨？

Ⅲ　阿拉尔之夜

阿拉尔之夜

今夜，我把床放在天山脚下
让战马奔腾的塔里木河把我抱在怀里
今夜，我从西湖带来的眼泪
被中亚的寒风吹成胡杨额头的冰
今夜，我的梦如同唐朝的经卷
再次迷失在这渺茫的塔克拉玛干沙漠
今夜，远方的故人会给我写一封信吗
我的女儿，在梦中你的父亲
再次变成了一架不会落地的飞机
——你看我正搂着星辰悲伤的轰鸣

今夜，在距离国境线百余公里的阿拉尔
我的忧伤如大漠的月亮般明亮
我的孤独走不出
这六分之一国土的中国边疆

虚妄的恩宠

午后，狭小的出租房里
游荡着塔里木的阳光
它们如鱼群深入衣柜、地板
和墙壁上的丝丝裂缝
在一阵风中忽然急速转向
包围了我，占据了我

仿佛是石梁河畔的亲人
从河流与麦地里起身
万里跋涉找到了我
在此刻变成无数的微尘
兴奋地把我抱在怀里
在我耳边一遍遍地诉说
亲吻着我，吞噬着我

在这个午后，天山之雪
还没有融化为归家的河流
我见到了那些死去多年的亲人
我感受到了雪山的恩宠
在一生里，这短暂的时刻
是多么伟大的救赎

我的眼眶里忽然涌出一条
滚烫的塔里木河

妈妈，今夜你的儿子远在天山

妈妈，今夜您的儿子远在天山
天亮之前，我还有很长的路要走
你的目光护送我穿越塔克拉玛干
妈妈，通往塔里木的路上铺满了石头
请您不要来看我，我怕你会落泪
当我的胸腔填满了异乡的风沙
灰头土脸、身心疲倦地站在你面前

妈妈，这些年我翻山越岭
一次次穿越寒冷的长空
我是多么轻薄啊，向你许下的诺言
变成不着边际的流云
我只能在电话里向你问好
在诗歌里写下祝福
妈妈，我再也不能在你劳作后
给您搬一个凳子，倒一杯水
在灶台前，和您一起择菜剥豆
帮你拧开一个难缠的酱油瓶

妈妈，在万里之外的边疆
塔里木的风沙埋葬了所有的细节

我还不如家门口的那棵老槐树
可以让你靠着歇歇脚乘乘凉
对不起，妈妈，这些年我越走越远
我始终不能像戈壁滩上的一只小羊
可以随时随地跑到母亲面前
拉长了嗓子，痛快地叫一声
——妈妈呀，妈妈

一粒寻找故乡的沙

昏暗的鸟群扑面而来
从塔克拉玛干的中心
命运的漩涡垒满塔里木河
这些死去多年的古代骑士
风化的肉身集结成军团
推倒沟渠和白杨树
瞬间吞没了黄昏

我迎风伫立，大声痛斥
塔里木啊，你的胸腔里
藏着多少不为人知的风沙
万里之外，我漏洞百出
你也要把我吹成一粒沙吗
一粒在黄昏浩荡的边疆
尖叫着的寻找故乡的沙

黑暗中，雪山浮出神秘的脊背
我用力跺着盐碱地
抱住一棵死去的胡杨大哭一场
直到我的胸腔里填满了风沙

直到一粒沙的悲鸣
被塔里木河的咆哮吞没

告亲人书

腾云驾雾，翻越天山，抖落一身黄沙
被雨水追赶。我一路向东，黄夜下榻西湖
来不及细品二两黄酒，即刻北上过南京
宿石头城，找一块解冻的石头当枕头
梦里踏着麦苗青青，走向月亮下的村庄
鸡鸣狗吠催我热泪，故乡的炊烟唾手可得

春风未至，寒潮袭来
十二道金牌拒我百里之外。多年游子
行囊里背着石梁河畔的大柳树
外婆，春风吹开了您坟墓上的野花
清明将至，雨水纷纷，柳枝漫飞
头顶的月亮啊，伴随我的脚步向天涯

父亲的塔里木河

华北平原、黄土高原、塔里木盆地
在狭窄的飞机上，父亲紧紧攥着
这些他一生从未抵达过的地名

62 年来第一次出门远行，赴万里边关
父亲放下锄头，登上云层
到天山脚下看望他久未谋面的儿子

与失重对抗，他数着云朵和群山
在飞机巨大的轰鸣声中
他摸遍口袋，妄图寻找一根烟

飞机急速降落，他的额头涨满汗水
俯冲滑翔跑道时，从父亲的手心
忽然冲出一条巨大的塔里木河

移动沙丘

国庆节，我带着父亲去看沙漠。
他刚从万里之外的皖北小城，
飞越天山去看望他的儿子。
在通往和田的沙漠公路边上，
我带着他，穿越一片枯死的胡杨林。
他喘息着，双脚陷入沙子深处，
在夕阳下挪动步子，像一只衰老的骆驼。

背靠两棵胡杨树，我们坐下，相顾无言。
二十多年了，我和父亲如两座沉默的沙丘。
仿佛他攒足半辈子的勇气，穿越万水千山
只为在此刻看我一眼。
星辰升起，一只蜥蜴在黑夜降临之前，
极速穿越我和父亲之间的沟壑。
在我们的身后，秋风翻越一座座山脉，
一些沙丘正在形成，一些逐渐消失。

祖　坟

二十年前，爷爷去世的时候
父亲指着脚下的麦地说
这是我们家的老祖坟
埋葬了六七代人
到我这一代就是第八代了
站在绿油油的麦地里
父亲吐出骄傲的烟圈

二十多年，我们来来回回
春风里一次次扫墓。跪在田野
向一座座陌生的墓碑磕头
石梁河水在春风里奔腾
我们的膝盖上沾满新鲜的泥土
"看到祖坟，就是回家了"
父亲已经为自己找好了墓地

今夜，我在塔里木河畔做了一个梦
阳光温柔地照耀，我的头顶
每一棵树上都结满了果实
蓝天下，被巨大的墓群包围

我躺在温暖的麦地里
像一个赖床的婴儿

向一台缝纫机叩首致敬

她年轻时的姐妹
她中年时的伴侣
她老年时的儿女

在她手里穿梭的线条
是童年里最伟大的魔术游戏
在白昼和黑夜之间
缝起一家人紧凑的日子

我的母亲是一台缝纫机
一辈子高速运转又默不作声

赞美我的母亲
请向一台缝纫机叩首致敬

暖风中的黄昏

牛羊入圈，咀嚼春天

咀嚼乡村的黄昏

老槐树下抽烟袋的村支书

牙齿不多，说话漏风

正在谋划乡村的小康梦

不久后，一条水泥路将从

他漏风的嘴皮子底下穿过

三三两两的星辰，几只飞鸟

气喘吁吁的拖拉机与河滩上疯长的青草

构成暖风中的黄昏

人们从不关门，院子里的灯盏下

男人们大口喝酒，谈论到广东打工

在女人的责骂声中，窗外已星河通明

像少年们深夜苦读的远大前程

诗意与庸常

坐在塔里木河畔的房子里
午后的阳光催开身体里的野花
楼下的胡杨树死去多年
我忽然想起一个蓝色的女孩

哦，不——
现在应该是两个孩子的母亲
把头深深地埋进报表和抖音里
在皖北小城的农贸市场避雨

黑暗没收了我的影子

在塔里木河畔漫步
路灯下，两岁半的女儿
忽然跳到我的面前
东一脚西一脚踩我的影子

我踩你的脸
我踩你的鼻子
我踩你的肩膀
我把你踩进泥土里

我向前移动脚步
她就追着踩过来
天山下，寒风里
我们就这样走着、跳着

多希望这条路永无尽头
直到黑暗没收了我的影子

女儿的谎言

爸爸，等我长大了
我要给你买大房子
给你买一棵圣诞树
给你买吃不完的冰激淋
给你买很白很白的白云
给你买一个月亮和十个妈妈

两岁半的女儿
手中的积木越搭越高
最后被一个五颜六色的泡泡
轰然击倒

春天，在篁嘉桥

1

三月，在皖南小镇篁嘉桥
春天如檐角的蜘蛛不停走动
吐出优美的线条。青山之间
飞鸟穿越云雾，连线两座古寺
几声惊雷，台阶上满地桃花
河塘里蛙鸣鼓噪。母亲们
猫着腰在小溪旁洗手
沿着雨水织密的小径
怀抱一捆捆新茶下山

2

青山蜿蜒，盘踞错落有致的村庄
炊烟缓慢的韵脚陷落黄昏里
附和着雨水，写一首江南的抒情诗
油菜花此起彼伏，如不成文的诗章
耗费了我太多眼力。河流里
被春雷鼓噪的，大鱼和小鱼

跳跃着，欢腾着，购买春天的彩票

3

雨水落在候鸟的翅膀上
将它压得几乎要掉进群山里
一万里归途，翻越天山
再次投入江南的怀抱
此刻，它停靠在马头墙上休憩
雨水梳理着零乱的羽毛
洗掉身上塔里木的风沙
不远处，竹林里春天集结完毕
雏鸟吐出橘黄的嫩芽

4

豌豆花和茼蒿，漫山遍野
散漫而零乱，占据几座山头
不同于骆驼刺和芨芨草
这满院子的桃李芬芳
这满眼底的青山脉脉
有别于燃烧着地火的塔克拉玛干
祭祀归来，和一朵不知名字的
野花纠缠半天，差点误了半生

5

一夜的惊雷和雨水纠缠
被一辆辆疾驰的汽车迎头撞上
溅起的雷声和雨水散落山间
院子里的两棵樱花树忽然折断
两岁半的女儿从梦中惊醒
我从万里之外的塔克拉玛干沙漠
带来的词语，溢出江南的酒杯

6

这连绵的雨水，是春天的附属品
还是青山与江河的障眼法？
青蛙逃离江湖，藏匿我床下
我一身风沙，一退再退
如一棵历经冬天的老树练习蜕皮
江南的雨季囚禁我于篁嘉桥
我的肤色里，藏着一轮塔里木的太阳

7

天涯游子归来成新客
喝二两黄酒，看梁前燕子

开一个关于春耕的座谈会
我读诗，写它们的会议记录
门前流水刚逃离群山
折痕逐渐四散开来
江南三月，田埂上各类野花
有一朵是我的女儿夏天

8

细雨后，青石板上溪水匆忙
与蛙鸣奏响山村的交响乐
屋后的春笋如李白的诗句
在深夜里溢出酒杯
游子归来，我独坐落日中
与青山相望。两岁的女儿
在夕阳的影子里，栽一棵小树

9

不远处的徽行古道上
马蹄声声，踩碎了苔痕
请飞鸟和炊烟导航
饮下风霜的旅人步步为营
万里归途，青山依旧苍翠
倒映在门前的溪水旁

10

一万里风沙，此刻尘埃落定
天山、塔里木河与塔克拉玛干沙漠
戈壁滩、白杨树和盐碱地
都在我中年的身体里
被一场江南的细雨淋湿面孔
被一株无名的小花轻轻抚摸

雨是下不完的

放学路上用一顶荷叶挡雨
炉灶旁用洗脸盆接雨
渴了就大口大口地喝雨
累了就躺在雨里睡觉
他的童年一直泡在雨里
母亲擦掉脸上的雨　说
老天爷的雨是下不完的
这辈子苦日子是过不完的

塔河望月

元宵节忙碌的月亮
塔里木河沉默的月亮
胡杨林流下眼泪的月亮
塔克拉玛干迷路的月亮
托木尔峰也要仰望的月亮
被异乡人高举到头顶的月亮
被诗人卢山抱在怀里的月亮

今夜，我漫步在月光下
如一株被北风摇晃的芦苇
寒冷，但并不忧伤
我踢着河滩上的碎石头
盐碱地发出的声响
唐朝的王昌龄如果听不见
安徽石梁河我的母亲董翠侠
一定能听见

爱的戕害

午后的阳光里
春天的第一朵栀子花
打开羞涩的花瓣
连日的阴雨，这久违的芬芳
让我们充满欢喜
两岁半的女儿围着它跳舞
低下头和它说着悄悄话

一只马蜂从山水画里起飞
扛着扩音器奔向花蕊
我急忙拉过女儿
拿着扫把将马蜂打死
我把惊吓的女儿拥在怀里
却意外地发现阳台外的蜂窝里
幼蜂正吐出橘黄的嫩芽

我的内心一阵悸痛：
为了共同的爱
我们互相戕害
陷入永不停息的斗争

命运的弹指一挥

女儿恶作剧似的，用一根小棍子
轻轻一戳，就把蜘蛛的白日梦捅了个窟窿
它惊慌失措，仿佛是月亮掉进了蛛网

我一生的努力，不及命运的弹指一挥

归乡记

春风把我安顿在这里。背靠青山
门前溪水哗哗，是游子归乡的欢喜
终于可以读几页书。为蛙鸣作序

白云之下，群山脉脉，埋着我的祖辈
当黄昏降临，在温暖的光线中
母亲一遍一遍地唤我的乳名

与妻书

黄昏盛大的塔克拉玛干沙漠
暗无天日的天山之雪降落
乌鸦如圣灵占据塔里木的天空
莽莽苍苍的盐碱地是我的道场

即使再覆盖上十八层黄沙
只要给我一滴水，我也能复活

当春风吹绿了你的眉梢
我身体上的胡杨　红柳　沙枣花
都是我写满边疆大地的诗歌

春日寄远

春风入我怀，阿拉尔的三月
爱人，你看塔河冰雪消融
大漠柳色染绿了女孩的眉梢
天山的雪水啊，沿着掌心的纹路
载着我流向你遥远温暖的湖湾
但这只是一个关于春天的梦

此刻，雪水把星辰擦得锃亮
我把书桌搬到天山脚下
想象着你在烟雨恼人的江南
开车行驶在曲曲折折的天目山路
生活挖好的坑，会给你开几个
大胆的玩笑。你会拍着方向盘骂我吗？

我的爱人，请东风捎来
那些姹紫嫣红的埋怨吧
顺便打包寄来西湖的烟雨和鸟鸣
还有你压在枕头下的哭泣
梦中落满湖畔的花片
我会捧来塔克拉玛干的流沙
一遍遍细数你细雨如丝的忧愁

飞过你天空的云层之上

杭州嘉绿苑公园的池塘里
小乌龟穿越冰雪向你游来
女儿，你在梦中抓住爸爸的衣袖
央求着和小乌龟做朋友
此刻，边疆大地冰雪消融
春天推开窗户，给我带来
你春草般宁静的呼吸
塔河等待天山的雪水
你等待着天上归来的爸爸

当你清晨醒来，坐在外公的肩膀上
指着天上每一架飞过的飞机
说：我的爸爸回来了
他带来了大片的云朵和雪山
女儿，当我关门离去
你的眼泪如同春天凋落的花朵
如今我气吞山河的凌云壮志
都被你一句奶声奶气的"爸爸"瓦解
亲爱的女儿，爸爸就要回来了
请相信爸爸明天就要回来了
在每一片飞过你天空的云层之上

边疆家书

初春入木三分
沙尘大张旗鼓
天山的鹰隼瞄准了我
蚕豆般亮灯的窗口
我坐在空空的房间里
面向黑漆漆的塔里木河
想起万里之外的故乡
麦地里亲人的骨头错节
坟墓上垒满晚霞和鲜花
父亲在屋后种下树木
母亲数着镜子里的白发
妻子在黑夜里翻越天山
女儿吐纳春草般的呼吸
她梦中不经意的一声"爸爸"
瞬间就把天山的雪水
融化成我归家的河流

幼小的神

女儿嚷着要骑上父亲的脖颈
像一个骄傲的女王
她居高临下　俯视着羊群
一只　两只　三只
她不断发出严肃的指令

父亲背负着女儿和落日
穿越一排排骆驼刺和荆棘林
在巨大的盐碱地里挪动

在黄昏的光线里
女儿和羊群
都是我谦卑侍奉的神

从父亲的身体里掉落的麦子

星辰像蜻蜓缀满芦苇丛
数不清的虫鸣，来历不明的异乡人
月光下，金黄的麦子，垒满墓地。
晚风的含混中，生者和死者
都参与了这场盛夏的劳作

大概是二十年前的某个夜晚
我跟在父亲的背后
他刚从泥泞的河滩上出来
脚上沾满了泥土。这些年
我努力从月光和树影的缝隙里
捡拾那些从他身体里掉落的麦子

暴雨将至

蜻蜓立在电线杆上
屋檐垒满了蝙蝠
树叶像军训时的小学生
纹丝不动
牛羊咀嚼几片乌云
河流屏住呼吸
我坐在门口的板凳上
偷看《西游记》
做错一道数学题
挨了父亲的一巴掌
二十六年前的一声惊雷
雨水轰然漫过穷人的屋顶

温暖的沙粒

老骆驼颤颤巍巍的脚步
不断陷入黄昏和沙漠深处
像我远在故乡的父亲
他的晚年陷入河滩的沼泽地
这命运般的摇晃，让我的女儿
一直紧紧地搂着我的脖子
"爸爸，我怕!"

面对这片浩瀚的死亡之海
女儿向她的父亲发出求救
她抱着我仿佛抱着希望的桅杆
她刚刚从万里之外的杭州
被移植到父亲居住的天山脚下
她身体里与生俱来的水分
是否会被大漠的风沙蒸发？

我们坐下来，女儿依偎在我怀里
在沙堆上涂鸦出西湖和宝石山
"断桥的对面就是少年宫，那里有
小火车永远不会停止的游乐园"
看着她喃喃自语，我没有说话

夕阳的余晖给大地披上金色的外衣
将我们融化成两颗温暖的沙粒

两座山脉

记忆里，十月的阳光
装满孩子们放学回家的书包
金黄的玉米围住了村庄
晚饭后，我和父亲坐在院子里
不说一句话。秋风漫过河滩
虫鸣四起。猎户星座催人出发

今夜，我坐在塔克拉玛干沙漠
数着童年时代的漫天星辰
在南京工地上的父亲，此刻
或许蹲在脚手架下抽烟
二十多年来，我和父亲
各自沉默。仿佛我们之间
隔着一条深沉的塔里木河
成为两座越来越远的山脉

我努力翻越天山

我在聚光灯下端起酒杯，她的皮肤
又向大地深处腐烂了一部分
我说出一连串职业的假话
她的肋骨在雨水里又折断两根
我在马桶里吐得翻江倒海
她的血管如冬日塔河几近断流
我推开房门如石头般睡去
她的噩梦里垒满乌云和蝙蝠

死，以滴水穿石般的耐心
一次次击打我的额头
这是一个多么巨大的讽刺
我努力翻越天山，她执意沉入大地
今夜，我抱着一轮塔里木的明月
面向故乡磕头，写下这首诗
外婆在石梁河畔流下两行老泪

两地书

——祭奠一个灵魂

幽暗的火葬场，命运之火燃烧着
她一米五几的老朽之躯

她最后的妆容被投入大火
遗言和疾病被烧得嗷嗷直叫

她吻过我的嘴，冒着滚滚浓烟
裂开鲜艳的伤口，在她拥抱过我的双手

在万里之外的塔里木河畔
客人们围着篝火唱歌、跳舞

直到月亮被烧得七窍生烟
她的最后一滴眼泪也被烧干

烈火熄灭，她碎成灰，化作烟
成为我一生走不出的塔克拉玛干

天上的爸爸

女儿，当你还沉浸在一个甜蜜的梦中
你的父亲已经被一张机票接走
他没有来得及吻你，没能等到你
再揪起花苞初放的小嘴
喊一声爸爸。女儿，在两万里的高空
想象着你在清晨醒来，找不到父亲
而焦急的样子，我的泪水像极速落下的云团

从桂子飘香的江南飞向白雪皑皑的天山，
是什么鼓动我内心的勇气？
对于离别而言，这会是一个漫长的开始吗？
在飞机的巨大轰鸣中，我翻看着你的照片
我的爱悄无声息。女儿，今后当我一次次
飞过西湖和宝石山，你会抬起头看到我吗？
你会对别的小朋友说，你的爸爸变成了一架飞机？

漫长的飞行加速着我的羞愧。
当飞机穿越天山，投奔塔克拉玛干沙漠的怀抱
我知道我们越来越远。
女儿，多年之后，你能原谅我吗？
当我像一只悲壮而忧伤的苍鹰

翻山越岭奔赴云团之上

你能接收到我传递给你的信号吗？

请相信，这些年我一直在天上爱你。

和一岁女儿捉迷藏

女儿，你喜欢和爸爸一起捉迷藏

有时候我趴在沙发后面

像一只搁浅的老海龟

等待你的救援

你咧着嘴，晃晃悠悠

冲过来抓住我

你相信爸爸

这个男人永远都在你的掌控范围之内

在房间的任何一个地方

你总能第一时间找到我

然后开心地拥抱我

女儿，对不起

这一次我藏到了云层之上

天山的雪融化成我归家的河流

在梦里，再次见到了我的奶奶。
她变成了一棵树，站在一片白茫茫的雪地上
说，我的山哟——
你怎么突然跑到这么遥远的新疆去了呢？
万里之外的石梁河永远都不会结冰。
塔里木的冬天比我的坟墓里还冷，
让我再给你暖暖手吧。
她就紧紧握着我童年的那双红肿的小手，
一直等到这棵树发芽开花，
天山的雪融化成我归家的河流。

和这片苍茫决一雌雄

汽车在沙漠公路上奔驰
我这只老骆驼，带着赴疆不久的妻女
试图穿越塔克拉玛干
黄昏的时候，漫天风沙扑面而来
席卷起河床的碎石头
以及坟墓里沉睡的经卷

公路被瞬间吞没。无尽的苍茫
无尽的生死。天地之悠悠
这近似一种对无知者的惩罚
我如一棵孤立无援的胡杨
独立于天地漩涡的中心
按着身体里年久失修的喇叭

此刻，无法辨认石头和星辰
汽车仿佛一只年迈的蜥蜴在蠕动
两岁的女儿昏昏欲睡
如沙漠里一棵弱小的红柳
她忽然叫出的一声"爸爸"，命令我
踩紧油门，和这片苍茫决一雌雄

九月，虫鸣不已

九月边疆。塔里木河明月高悬，
像一个威严的大法官。

凌晨两点半，秋风乍起，虫鸣不已。
两岁的女儿突然惊醒，坐起来问：
爸爸，这是什么声音呢？

雪满天山。此地距杭州万余里。
她不知季节转换，夜凉如水，
草木昆虫命不多矣。

幼小的信徒

天山脚下，塔里木盆地
十月辽阔如塔克拉玛干沙漠
驱车八百里。在克孜尔千佛洞
我们一一拜访泥塑的佛像

走出洞窟，群山俯视众生
黄昏正给万物分发金箔
从壁画里忽然飞出的蝙蝠
惊扰牧羊人的飞天之梦

在河水的诵经声中
我牵着两岁女儿的手
穿越一排排挺拔的胡杨
走过鸠摩罗什的铜像

女儿那一潭黑亮的眼睛里
闪耀着大师金色的面影
如山脚下的克孜尔河
将高耸入云的雪峰倒映

人间的菩萨

一个年轻的士兵中弹倒下时
一只羊羔被屠戮剥皮时
都会从带血的喉咙里
叫出一声——妈妈

不分种族，没有国界
我们喊疼的时候
我们绝望的时候
妈妈，就是人间的菩萨

夏至有寄

——给半闲兄

在夏日的浓荫里
我们困倦于书中
某个不可言传的情节
进入恍惚的梦境
檀香调节着虚无的密度
时钟和心跳声
助推着在神经上跑着
一辆红色自行车
那时候多年轻啊
穿越田野与河流
从来不肯轻易刹车
我们醒来，在黄昏的光线里
在梦中翻山越岭
端坐着像两张椅子
直到星辰高悬头顶
我们读到这样的诗句：
"总是在日落之后，
那只蜘蛛才出来，
并等待金星。"①

① 诗人卡内蒂诗句。

小城故事

我闯入这座北方的城市
汽笛声冒着热气
中学生锈的铁门贴上封条
灰色的居民楼下面
是蓬头垢面的小商贩
他们脸上落满新鲜的雪
戴着口罩不说话

寒风推搡着我
游荡在雪的旧词根里
我四处溜达，把脚下的冰
用力踩得咯吱作响
在中学小巷子的墙壁上
看到了你的名字

每一处刀痕都用尽全力
字迹又显得慌乱
我擦拭着上面的灰尘和雪
抚慰着你涌出的眼泪
十几年过去了，我回来了
对着墙壁一遍一遍

轻声呼唤你的名字：

小雪，小雪

闪亮的名字

我爱慕过的那些女孩
名字还陈列在博物馆里

作业本和小巷的墙壁上
歪歪扭扭写满她们的名字

下课铃声，青春的链条飞速转动
自行车在一场雨水里生锈

暗夜里偷偷写下的情书
仿佛从未兑现的历史承诺

很多年忽然过去了
她们的名字如明月高悬

保俶路之春

乌云漫过宝石山，初春的樱花树
落下几片红蕊。乱石堆里，
蚂蚁帝国集结队伍。

西溪河边几棵乌桕树新芽学语
麻雀三五只。女学生换上超短裙
我内心的春雷一声不吭。

石梁河的月光

梁间燕子筑巢，春天的摇篮曲
被挖掘机推翻。祖坟上建起高楼
水泥路如一张巨大的封条，从此
我刻在野花上的情书不见天日

白鹭远走高飞，河流集体失声
芦苇荡如悲伤的伍子胥一夜白了头
人们再没有种树和数星星的耐心
孩子们变身奥特曼，在瞬间长大

离乡二十年。想不起初恋情人的名字
就是我离大限之日不远之时
母亲已老。故乡是一场炊烟里升起的旧梦
石梁河的月光伴我万里关山路

登高村有赠

小道蜿蜒，乱入野花丛中
如一首遗失千年的古诗
让春风无从考究

鸡鸣狗吠，惊落了
梅花枝头的白雪
和农夫锄头上残留的月光

壁画久经风雨。沉默的手艺人
怀抱南宋的血脉
退守一缕檀香的密度中

"山下不曾见，登高才可见"
被仙华山拥在怀里的小村落
正从迷雾和阳光中醒来

仙华山之春

春风十里，皆是鲜红翠绿
溪水潺潺从历史中蜿蜒而至
拿着马良的神笔，描摹几处
烟雨江南的莺啼和蛙鸣
浙中第一仙山，仙人何在？
峭岩之间云雾升腾缭绕
此刻，赠予我一夜清梦

饮半瓶老酒，对一册古诗
揽几处白云入怀，令青山为我放歌
站在仙华山上，我向仙人发出邀请
少女峰、华柱峰、莲花峰、神马峰
都起立为我端起酒杯
与头顶的星辰同醉春风之中

上山之梦

群山环绕，江南大地炊烟袅袅
河滩上鸡鸣声推开晨雾
露水从石头上醒来
打鱼的弟兄和耕种的父子
昨夜都梦见了浦阳江
野花丛掩映下，收稻谷的女人
从手心脱落一缕缕阳光

远山如黛，河流平静
又是崭新的一天的劳作！
石头与石头的撞击声中
稻谷拔节。他们跳起了舞蹈
在彩陶上刻下太阳纹
记录河流一样起伏的星辰和梦境

后记：天山赠我一轮王昌龄的月亮

　　塔里木，提到这个词，扑面而来的是白雪皑皑和大漠苍茫；两年来，我被这个词吸附着，燃烧着，因为它是我的精神修炼场，我的诗歌栖息之所。昆仑山、天山、塔里木河、塔克拉玛干沙漠、胡杨、红柳、羊群和盐碱地等纷纷出场，为众神的栖居提供了源源不断的词语现场和想象空间。

猛虎驰骋塔里木的星空下

　　新疆是多元文明的交汇之地，也是亚洲腹地的核心区域，天山巍峨，塔河奔涌，自古以来诗人们在这片大地上纵横驰骋。久居塔里木这片辽阔大地，一个写作者的身上自然打上了这片土地深刻的烙印，沉默无言，又深沉广大。

　　2020 年 9 月，我完成了诗集《三十岁》《湖山的礼物》《宝石山居图》（"杭州三部曲"）的写作后，毅然决然远赴南疆小城阿拉尔。"十八岁出门远行/二十岁入川读书/二十四岁金陵深造/二十七岁谋生杭州/三十三岁远赴新疆"（《远行》），用赵教授的话来说，就是"在短短的几年里，卢山经历了难以言表的人生况味和沧桑之感。意气风发、挥斥方遒的浪漫豪情，蜕变为按部就班、循规蹈矩的为稻粱谋"，这一切也构成了我远赴新疆的内在精神动因。

诗人沈苇说："新疆是以天山为书脊打开的一册经典。"面对塔里木的寂静与辽阔、神圣与庄严，我要交出怎样的诗篇来换取我的"通行证"？每天供养着我的是——漫无边际的骆驼刺与芨芨草，苍茫浑厚的盐碱地和戈壁滩，在夕阳下燃烧着的胡杨和红柳，如唐朝遗失的经卷。置身于这样的自然和文化语境中，我大部分的时候变成一条沉默的塔里木河，表面上风平浪静，内部凝结着来自雪山的巨大风暴。

没有大地就没有大文章。一次奔赴云层之上的远行，带给我写作的巨大风暴。我多次在与诗友聊天中说到湖山对人的塑造，我期待可以将塔里木河像围巾一样裹在脖子上，帮我融入这北风凛冽的中国边疆。来到天山脚下、沙漠之门、塔河之源，我的诗歌写作和人生迎来了一种深长开阔的表达。

铁马秋风塞北，杏花春雨江南。我曾说行走和写作是一生的事情，而我的写作就是我的精神履历表，构成了我的人生镜像。从故乡安徽石梁河畔到成都求学，从成都东去金陵南京深造，再次南下杭州谋生成家，最后又来到新疆落脚，这些年诗歌记录了生活的奔突现场和心绪的辗转反侧，形成了个人的生命诗学。故乡的石梁河是我写作的起点，我的文字里永远站立着河边上的那棵大柳树；成都和南京宠爱了那个不可一世的白衣少年，誓言和牢骚漫天飞舞；杭州山水安顿了我躁动的青春，并在一地鸡毛的职业困顿中给予我深刻的教诲和温暖的佑护；新疆塔里木为我的生命赋能，"天山赠我一轮王昌龄的月亮"，释放出了那只被生活囚禁的猛虎，得以暂时地驰骋在塔里木的星空下，瞬间扩大了我的诗歌版图。

我的诗歌写作是那种精神地理学的，诗歌里可以挤出甘苦和眼泪。历经千山万水，我再次一路狂奔，将自己狠狠地扔在了中国边疆。"我去过我归来/时空无名生死无名"（章德益《西域高原》），这些遇见，这些山水，会有怎样的故事呢？包括我自己都很期待。

雪山的厚重和一粒沙的轻盈

美国诗人、评论家简·赫斯费尔德说："只有足够深入的凝视存在，你才能最终觉醒于万物之中。"我为存在发言。我的存在就是我的风格。地理位移的转变、风俗环境的变化，势必会对一个人造成潜移默化的影响。尤其是对于一个写作者而言，山水、人文、风物、经验都会促成新的视野、刺激新的体验、形成新的诗歌美学。我显然是巨大的受益者。

我曾在西湖的宝石山下工作过几年，月明花满枝，楼台深翠微，被江南山水人文豢养教育，诗歌里流淌着缱绻愤懑和湖光山色。从宝石山来到天山，从西湖来到塔里木河，被辽阔的塔克拉玛干收养，天地为我赋能，我的写作也进入了一个新的阶段。

对大部分人而言，新疆是偏远的地域，是"内地"相对应的"边缘"西域。然而从某种程度上说，作为地域边缘的诗人也是幸运的，因为身后的天山为我们抵挡了来自现代社会的喧嚣和纷繁，保留了盐碱地的绝对纯粹。相对于现代性的急剧扩张，诗歌场域的日常性混乱，塔里木保留了这种"落后"中纯粹的可能性。这种纯粹且稳定的精神向度，也造就了一大批优秀的诗人作家，他们是周涛、杨牧、章德益、沈苇、刘亮程、韩子勇、李娟……

在塔里木，我遇见了"西部诗歌的太阳"——诗人章德益。他曾在新疆生活三十余年，留下了如胡杨一样繁茂的金色诗篇，新疆山河、风物土地已经熔铸于他的骨血、生命，形成了其恢宏、炽热、磅礴、奇绝的诗风。那些如太阳一般炙热、充满爆发力的诗歌《西部高原》《西部太阳》《火车驰经河西走廊》等，打开了我的西部写作之门，对我产生了重要的影响。同时，周涛带给了我《巩乃斯的马》《二十四片犁铧》，那些喷薄而出的雄性的力量，一把抓住了我内心的狂龙……一位来自江南的诗人，来到了天山和昆仑面前，聆听他们的谆谆教导。

"写诗是飞萤自照，两三知己则水鸟相呼。"（飞廉）在塔里木，我认识了本地的诗人老点、吉利力等，平声凡义兼诗友，山水相逢，肝胆相照，都成了水深火热的诗歌兄弟，他们也为我打开了一扇扇塔里木诗歌之门。

长期生活在甘南草原的诗人阿信说，"在这里我坦然接受了自然对我的剥夺，也安然接受了自然对我的赐予。"这是自然的辩证法，塔里木飞扬的风沙中，胡杨打开千年的金字塔，为羊群和星空导航。戈壁滩上闪着寒光的石头，燃烧着内心激越之血的红柳，无不是我生死相依的兄弟。

江南游子闯入了塔里木，我头顶烈日，面向风沙，鼻孔出血，黝黑的皮肤上烙印下塔里木的光泽，干燥几乎蒸发了我身体里的水分。我也曾怀疑：我这一滴柔弱的江南之水，会不会被辽阔的塔克拉玛干吞噬殆尽？相对于环境的"剥夺"，它对我的恩赐要大得多。辽阔的塔克拉玛干沙漠蒸发干了我诗歌里的水分，让我拥有雪山的厚重和一粒沙的轻盈，同时点燃了红柳和胡杨的血脉，保持了盐碱地的纯粹。在塔里木的漫长跋涉中，诗歌的气场在潜移默化地改变，"2020年之后展开的写作，显示出他对庞杂意象整合的雄心。穿透时空的脉络，地域差异的冲切，密布闪烁节点的西域，遥望天山的冰雪版图……"（董赴）。

如何在诗歌里锻造精神的内核，建立一座众神栖居的昆仑山？我在努力修炼诗歌的气场。一个心中没有湖山和家国的人，他的格局是无法和西北大地的气场相契合的。明月出天山，苍茫云海间。你看岑参的天山，王昌龄的月亮，野蛮生长的塔里木河与塔克拉玛干沙漠，这些胜过多少个喋喋不休的文学大师啊。

一个诗人要有把地域的"局限"变为"无限"的能力。天高地阔，"心马由疆"。有时候我大言不惭地问道，国内哪一个诗人能和我相比，你看看我拥有塔里木河与塔克拉玛干沙漠，这种气场和能量，唯有李白和王昌龄可以一较高下。如果我再次回到江南，我该如何写作？我甚至不会写作了。蹲在钢筋水泥的城市里写作，与行走在戈壁滩和胡杨林里的写作是完全不一样的。塔克拉玛干里藏着天地的巨大能量，手心捧着一抔沙，捡起戈壁滩上的一块石头，我都能感受到它们那从遥远地心穿越而来的——热烈而滚烫的表达。

"每一个写字的人，都有终老之地。每一颗思索的心，都有栖息之处。"中国先锋派作家马原在纪录片《文学的日常》中如是说。塔里木，赋予我强大的视野、格局和气场，打通了我身体里的诗歌甬道，释放了一条澎湃的塔里木河。我这个异乡的闯入者，用写作小心翼翼地领取天山的圣餐、塔里木河的佑护和塔克拉玛干沙漠的通行证。

周涛说："新疆的大地上应该有《静静的顿河》式的作品。"那是我们写作毕生追求的突兀高峻、雄奇险绝的天山和昆仑山。当我们拿起笔，踩在盐碱地上，雪山正照耀着这苍茫的人世。

图书在版编目（CIP）数据

将雪推回天山 / 卢山著. -- 武汉：长江文艺出版社，
2023.1
　（第38届青春诗会诗丛）
　ISBN 978-7-5702-2903-1

　Ⅰ. ①将… Ⅱ. ①卢… Ⅲ. ①诗集－中国－当代
Ⅳ. ①I227

中国版本图书馆 CIP 数据核字（2022）第 169591 号

将雪推回天山
JIANG XUE TUIHUI TIANSHAN

————————————————————————————————

特约编辑：寇硕恒

责任编辑：胡　璇　石　忆　　　　　责任校对：毛季慧

封面设计：张致远　　　　　　　　　责任印制：邱　莉　　王光兴

————————————————————————————————

长江出版传媒　　　长江文艺出版社

出版：

地址：武汉市雄楚大街 268 号　　　　邮编：430070

发行：长江文艺出版社

http://www.cjlap.com

印刷：湖北新华印务有限公司

————————————————————————————————

开本：880 毫米×1230 毫米　　　1/32　　印张：5.5　　插页：4 页

版次：2023 年 1 月第 1 版　　　　2023 年 1 月第 1 次印刷

行数：2624 行

————————————————————————————————

定价：52.00 元

————————————————————————————————

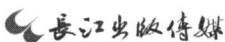